◎《中华诗词》类编

新韵通韵诗词三百首

《中华诗词》杂志社 编

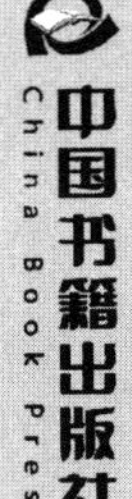
中国书籍出版社
China Book Press

图书在版编目（CIP）数据

新韵通韵诗词三百首 /《中华诗词》杂志社编. --
北京：中国书籍出版社, 2022.10
（《中华诗词》类编；7）
ISBN 978-7-5068-9206-3

Ⅰ.①新… Ⅱ.①中… Ⅲ.①诗词—作品集—中国—
当代 Ⅳ.①I227

中国版本图书馆CIP数据核字（2022）第175395号

新韵通韵诗词三百首
《中华诗词》杂志社　编

策划编辑　师　之
责任编辑　盛　洁
责任印制　孙马飞　马　芝
封面设计　张亚东
出版发行　中国书籍出版社
地　　址　北京市丰台区三路居路97号（邮编：100073）
电　　话　（010）52257143（总编室）　（010）52257140（发行部）
电子邮箱　eo@chinabp.com.cn
经　　销　全国新华书店
印　　刷　廊坊市金虹宇印务有限公司
开　　本　787毫米×1092毫米　1/16
字　　数　125千字
印　　张　10.5
版　　次　2022年10月第1版　2022年10月第1次印刷
书　　号　ISBN 978-7-5068-9206-3
定　　价　432.00元（全9册）

目录

李伏伽 | 新世相 1

杨金亭 | 乔家大院民俗馆留题 1

蓝林惠 | 海峡恋 2

孙宗溶 | 吊西夏王陵 2

秦中吟 | 喜乘羊皮筏 3

李海兰 | 蝴蝶泉 3

张凌燕 | 闲亭 4

廖平波 | 出席全国第十届诗词研讨会赴昆明有作 4

张开政 | 古南门 5

王　琼 | 雨中燕 5

沈　淮 | 观合肥廉泉随感 6

高明文 | 游安丰塘 6

丁国成 | 天池 7

刘克田 | 观热河泉 7

李振相 | 北疆行 8

张永芳 | 澳门感怀 8

凌朝祥 | 吐鲁番高速公路通车 9

殷　宪 | 迎春花 9

江泽民 | 纪念朱自清诞辰一百周年　10
陈惠国 | 访香山黄叶村曹雪芹故居　10
霍松林 | 金婚谢妻　11
张　结 | 咏怀四首选一　11
苏仲湘 | 世纪之交漫兴　12
沈其丽 | 登望江楼　12
胡迎建 | 梦游巍宝山　13
李中峰 | 废粮票　13
刘　章 | 六十抒怀四首选一　14
张进义 | 游沙湖　14
刘敬娟 | 夜吟　15
孙轶青 | 纪念建党八十周年　15
张脉峰 | 峄城纪游　16
石理俊 | 橘子洲头　16
王充闾 | 土囊吟（三首选一）　17
刘　征 | 梅边漫兴（五首之二）　17
晨　崧 | 访问嘉鱼有感　18
骆仲谦 | 西江月·过三峡　18
吴江涛 | 赠青年诗友　19
李光辉 | 为吊兰写照　19
岳　坤 | 蝶恋花·昨夜星辰　20
江　涛 | 为爱女赴抗击非典一线壮行　20
罗福江 | 晚兴　21
赵大民 | 谒黄帝陵　21
李树喜 | 咏史·司马迁　22

张　超 | 论诗绝句　22

郭述鲁 | 乡村速写　23

刘克能 | 接待青年诗词作者来访　23

常振恒 | 闻程维高被查处　24

万裕屏 | 谋生谣之卖菜　24

饶运振 | 山中感怀　25

刘国城 | 沁园春·沈园感赋　25

孙占国 | 水调歌头·游九寨沟　26

刘志法 | 咏钢卷尺　26

马俊华 | 老屋　27

于德水 | 赋在重阳　27

王留芳 | 瑶台第一层·王码出世　28

王　旭 | 清平乐·甲申秋由京返蒙思及诸诗友　28

康卓然 | 夜读《边城》，梦里亲至　29

王树森 | 天山天池　29

高　昌 | 珍妃井　30

汤沐黎（加拿大）| 鹧鸪天·十五自审　30

乔树宗 | 游白洋淀放歌　31

溪　翁 | “七·七”寄思　31

蔡永贵 | 观电视剧《杨靖宇将军》　32

杨贵全 | 咏白居易　32

尹　贤 | 望南河　33

黄云海 | 麻雀迁移　33

白梅俊 | 回车巷　34

郭彦全 | 老父　34

沈　云 | 花农　35
张艳颖 | 采桑子·探春　35
鲁秀舫 | 秋夜过三峡大坝　36
张文辉 | 鹧鸪天·戏题小院　36
郭秀成 | 离亭送友人　37
陈文杰 | 过太平古镇　37
冯彦斌 | 抒怀　38
孟宪明 | 山居吟　38
王玉明 | 踏莎行·黄果树瀑布　39
田恒炼 | 高阳台　39
谷中维 | 《中华诗词》朱德佚诗选读后　40
张贵军 | 观棋有感　40
吴　彦 | 贺《中华诗词》百期　41
钱家骧 | 毕业五十年见同窗　41
王子江 | 北疆兵歌　42
何　鹤 | 来京作编辑有感　42
王少峰 | 记老父病中　43
姚光生 | 生查子·诗词函授班　43
王国萍 | 乡村风景　44
马　凯 | 参加快哉诗书雅集并贺中华诗词学会成立二十周年　44
杨玉保 | 清平乐·窗外茉莉　45
王冠英 | 乞食松鼠　45
林别量 | 三江湖　46
陈　斐 | 读《船山诗草》　46

张建伟 | 虞美人·汶川地震感赋　47
奚凤翔 | 外孙女捐款赈灾有感　47
郑伯农 | 水调歌头·望神舟七号　48
张云丰 | 高考将临有感　48
易　行 | 破阵子·长城　49
左河水 | 蝶恋花·代民工妻赋　49
王　玉 | 清平乐·春到昆玉河　50
李树先 | 改革三十年感赋　50
邵惠兰 | 拜谒孟尝君墓　51
李　野 | 赠贾漫之二　51
贾　漫 | 次韵和李野之二　52
紫金霜 | 观钓　52
白凌云 | 青春诗会　53
徐双山 | 无题　53
康丕耀 | 无题六章选一　54
田凤兰 | 浪淘沙·相逢　54
陈兆楷 | 夜宿巢湖卧牛山　55
徐崇先 | 登鸡角尖　55
刘传华 | 感怀　56
张志山 | 稻田遐想　56
彭振武 | 鹧鸪天·桃乡情韵　57
周官盛 | 支边　57
陈　亮 | 乡间即景　58
张　申 | 秋思　58
汪国真 | 赠青年诗友　59

鄢良斌 | 浣溪沙·瞿塘峡　59
李友桥 | 龙山吟　60
焦立英 | 山沟一日游　60
刘　芸 | 思佳客·看秦腔折子戏专场　61
祁茗田 | 卜算子·退休后迁居郊外　61
杨杏林 | 行香子·沿口村抒怀　62
鲍英洲 | 《富春山居图》合展感怀　62
秦岭吟 | 游泰岭青峰峡　63
刘南陔 | 八声甘州·惊悉汶川映秀暴发泥石流　63
高峻昆 | 杂感　64
郭殿文 | 艾　64
丁浩然 | 无题　65
范诗银 | 贺新郎·读稼轩词（三首其一）　65
卫新华 | 中秋近　66
孙长春 | 撸榆钱　66
郭少威 | 夏雨　67
景　涛 | 苏州游　67
徐　舒 | 东郊春树　68
马云骧 | 砚　68
张桂山 | 行香子·赛马　69
陈斯宏 | 赏骆马湖新城晚景即兴　69
林国玺 | 红山公园雨后游　70
李泓禧 | 上黄石寨　70
刘耀南 | 虞美人·访曹雪芹故居　71
曹印宝 | 车过山海关　71

张国中 | 鹧鸪天·乡村　72
车小林 | 晚泊　72
竹　风 | 喝火令·登贵阳贵人山　73
王海顺 | 松江湿地　73
段福军 | 临江仙·回家过年的人　74
李建华 | 指南针　74
潘光明 | 对酌　75
张海阔 | 蝶恋花·白发电脑班　75
潘家定 | 宿州皇藏峪　76
张天男 | 澳门海上　76
吴哲辉 | 雾　77
岳如萱 | 漠河　77
刘国辉 | 金缕曲·秋夜独吟　78
李保才 | 山南人家　78
庞东邦 | 元旦见太阳升起　79
高　歌 | 游龙山梅园寄兴　79
陈西周 | 题友诗集　80
韩秀松 | 探望小学老师　80
静　荷 | 秋日感怀　81
蔡志民 | 感秋　81
师红儒 | 《马邑诗词曲》发刊有寄　82
孙淑静 | 无题　82
孔　梅 | 踏春　83
董益仲 | 画中行　83
陈中寅 | 题曾国藩故第藏书楼　84

宫殿玺 | 岁末诗友雅聚有作　84
胡水莲 | 忆旧　85
聊十程 | 满庭芳·抒怀谨和冯泽老　85
孙　杰 | 渔家傲·台子段黄河景区即兴　86
隋鉴武 | 新年后外出打工者　86
胡　彭 | 朝中措·说诗　87
吴学模 | 牵牛花　87
雷汉信 | 菩萨蛮　88
赵晓明 | 谒沈从文墓　88
郭凤祥 | 题清廉石　89
孙志江 | 逢雨寄远　89
韦　勇 | 秋日思语　90
王亚杰 | 南歌子·中秋　90
纪　明 | 西江月·突泉首届蒙古象棋大赛　91
杨　清 | 蜘蛛　91
梁晗曦 | 临江仙·鸢尾　92
李旭川 | 西江月·秋色　92
禚　嫣 | 采桑子·春梦　93
谷萃健 | 谒杜工部草堂　93
石艳萍 | 寄人　94
张　伟 | 闾山读书堂　94
冯晓伟 | 登紫云山归晚　95
那成章 | 卖老宅　95
孙道雄 | 答客诮　96
王学双 | 罕山　96

齐桂林 | 农家　97

殷宝田 | 客中杂咏　97

刘贵峰 | 蒙山　98

崔杏花 | 卜算子　98

董永夫 | 偕友步晚　99

陈慧茹 | 减字木兰花·杏花　99

徐淑春 | 邂逅　100

张英玉 | 雨中游红叶岭　100

谭国祥 | 踏莎行·红河阿姆绿韵　101

耿运华 | 临江仙·光阴的故事　101

李　篱 | 题青泥河主人壁　102

金胜军 | 杜鹃花　102

常建国 | 界岭口　103

赵云鹏 | 汉宫春　103

王会东 | 盛夏　104

王友旭 | 雁荡山答友人　104

陈　红 | 扬州慢·梦回古寨　105

罗　援 | 2017年元旦有感　105

焦　峰 | 新年感怀　106

刘　峰 | 卜算子·雪的感悟　106

康根正 | 一剪梅·大鸿寨归来　107

张克复 | 吊李广墓　107

星　汉 | 与沛县诸诗友微山湖泛舟　108

魏艳鸣 | 金陵怀古之秋临凤凰台　108

江　岚 | 夜宿醉根山房看雨　109

包　岩｜曹居初春雅聚　109
黄权衡｜悉尼探亲　110
冯绍邦｜小草　110
周文彰｜岳麓书院感怀　111
赵安民｜丝路重镇鲁克沁　111
王恩堂｜临江仙·思归　112
莫真宝｜绿杨宾舍漫兴　112
时　新｜临高角吊渡海烈士　113
李文朝｜赏剑答友人　113
杨逸明｜下厨戏作　114
潘　泓｜北漂者一日　114
唐双宁｜浣溪沙·衰草　115
宋彩霞｜秋日访五渡河　115
廖海洋｜结婚十九年纪念日赠妻　116
李乃富｜老同学聚会感兴　116
徐俊丽｜雨夜行吟　117
林　峰｜鹧鸪天·贺浙江省诗联学会换届　117
姚泉名｜奉和庄伟杰兄别后有寄　118
周　南｜西湖早春　118
刘庆霖｜退役杂感　119
孙艳华｜踏莎行·老村荒园　119
罗　辉｜鹧鸪天·还乡即兴　120
程大利｜癸巳观文徵明画展　120
马明德｜踏春　121
吕云峰｜题乞讨老太施舍图　121

刘月秋 | 冬日观碣石有感　122

姜　彬 | 看街头杂技　122

彭　莫 | 清平乐·小区即景　123

石达丽 | 登定都阁　123

匡　晖 | 南乡子·打拉池古城　124

郑欣淼 | 婺源篁岭寄怀（五选一）　124

董雪松 | 试制杨梅酒有作　125

宋华峰 | 山核桃　125

梅凤云 | 立秋日雷雨　126

毕开恒 | 边陲七夕　126

代淑华 | 重阳登高　127

陈逸云 | 将之宁波车上口占留别苏州诸友　127

褚宝增 | 春分次日午后与妻绕走颐和园昆明湖　128

徐文东 | 画后致笔　128

凌　宇 | 医院夜班感怀　129

段　维 | 劳动组诗之卖煤　129

胡　维 | 驱车过五丈原　130

王者贤 | 月下咏桂　130

陈慧冰 | 笼中鸟　131

戴　旭 | 大木　131

唐云龙 | 观父母皱纹　132

迟　玉 | 鹧鸪天·中秋　132

姚天华 | 战友苏州聚会　133

胡占凡 | 棋　133

李辉耀 | 田地抛荒　134

王孝峰 | 长相思·重阳思母　134
王改正 | 卖花声·东湖会　135
张桂兴 | 登白帝城　135
白春来 | 采菊花置地下工舍　136
王晓媛 | 蝶恋花·写春联即兴　136
宣奉华 | 致敬钟南山院士　137
李赞军 | 朝中措·庚子春节有感　137
武立胜 | 为三军医护人员驰援武汉作　138
安燕梅 | 二月十四日遇雪　138
刘爱红 | 昌黎观海　139
韩永文 | 定风波　139
李万鹏 | 攀岩　140
朱思丞 | 党旗　140
赵焱森 | 贺《中华诗词》杂志社迁址　141
梁庆蔚 | 雪夜查哨　141
马识途 | 自述　142
何　力 | 秋日到柑橘园　142
郑　欣 | 敦煌印象　143
张亚东 | 远眺敦煌雅丹　143
张孝凯 | 厨事之煮饭　144
刘　斌 | 岁末　144
郭友琴 | 远眺　145
周子健 | 读《未来简史》　145
刘　博 | 满江红　146
刘如姬 | 踝骨骨折于吉山休养有作　146

刘　霞 | 题钟南山泪目照　147

王秀娟 | 清明前后忙于审稿　147

李　述 | 小寒日遇大幅降温　148

李　宁 | 听歌《爱过了也伤过了》　148

廖亚辉 | 卧云窟书见　149

郝秀娟 | 鹧鸪天·雨中携女谒贾公祠　149

李伏伽

新世相

名山事业等轻尘，一曲清歌逾万金。
秃笔抛将下海去，应怜臣朔是饥人。

1994年创刊号

杨金亭

乔家大院民俗馆留题

曲院重门古画屏，琳琅金匾大红灯。
半堂宝藏千秋史，三晋风情一览中。

注：此院为电影《大红灯笼高高挂》外景拍摄地。

1995年第1期

蓝林惠

海峡恋

岁岁秋风独倚门，碧涛难洗旧时痕。
望中群雁联翩去，声断长空见远人。

1995年第4期

孙宗溶

吊西夏王陵

历史宜增大夏篇，兴亡国运可寻源。
谁言域外无英主？雄踞西疆二百年。

1996年第1期

秦中吟

喜乘羊皮筏

黄水滔滔烈马腾，大河有意试群英。
诗家骑贯行空马，筏上坐成独秀峰。
喜乘东风催巨浪，漫将雅韵助豪情。
兴来只欲游江海，万里航行不计程。

1996年第1期

李海兰

蝴蝶泉

树下泉边浓淡妆，波光妩媚影幢幢。
回眸一笑蝶飞舞，万绿丛中数点黄。

1997年第1期

张凌燕

闲　亭

闲亭小坐倚阑干，碧水承珠捧玉盘。
岸柳多情映水色，蜻蜓照影立花尖。
婷婷嫩蕊依红萼，缕缕幽香漫绿潭。
待到秋来摇落处，莲心百子润如丹。

1997年第1期

廖平波

出席全国第十届诗词研讨会赴昆明有作

久有图南志，凌云赏大观。
登楼忆髯叟，把酒问青莲。
属对开新镜，敲诗弃旧颜。
滇池同揽月，可有句如仙？

1997年第6期

张开政

古南门

湖光潋滟古南门，榕影婆娑四季春。
山谷系舟留逸事，半塘敲韵有碑痕。
桂香馥郁城楼老，曲槛横斜柳絮纷。
四海牵情翻作梦，云天缱绻恋诗魂。

1998年第1期

王　琼

雨中燕

东风何事弄窗帷，门外梧桐雨点飞。
老燕频频檐上语，呢喃可是唤儿回？

1998年第2期

沈　淮

观合肥廉泉随感

凭栏静赏古廉泉，澎湃心潮思万千。
泉澈千秋因净土，井经百代厌贪官。
青天不忘怜黎庶，浊吏何知愧俸钱。
我劝当今伸手客，悬崖勒马免刑鞭。

1998年第4期

高明文

游安丰塘

芍陂今日换新颜，浩渺烟波接楚天。
点点白鸥嬉水上，行行翠柳舞风前。
渔舟争渡帆樯动，游客流连笑语喧。
孙相于今堪笑慰，衣冠优孟唱千年。

1998年第4期

丁国成

天　池

静如处子美如仙，不易真情若许年。
输与人间无限爱，相思化作大江源。

1998年第6期

刘克田

观热河泉

九曲流觞浅带温，秋波水暖殿生春。
青罗百丈出深苑，玉带七重环御林。
乱世多溶他日泪，今朝一洗旧时尘。
画楼烟雨开清鉴，山外斜阳点绛唇。

1999年第1期

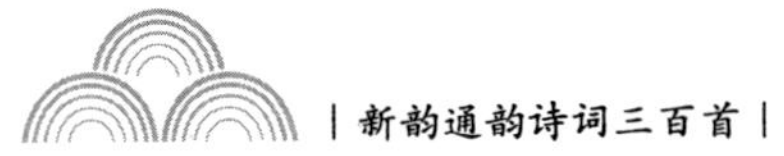

李振相

北疆行

踏访北疆路，高歌大草原。

牛羊满绿野，骏马跃青山。

昔日荒凉地，今朝锦绣天。

新风吹暮色，袅袅泛春烟。

1999年第2期

张永芳

澳门感怀

塞北南飞赴澳门，朝辞冰雪暮迎春。

枯枝瑟瑟应听惯，芳草茵茵乍见新。

镜海长桥开画卷，松山高塔拓胸襟。

回归在即期年盼，喜与同行尽兴吟。

1999年第5期

凌朝祥

吐鲁番高速公路通车

贾侣征夫久断魂，驼铃千载叹晨昏。
彩虹一夜从空降，海角天涯做近邻。

1999年第5期

殷　宪

迎春花

春雨连风送夜寒，新苞晓破嫩姗姗。
垂垂蜡瓣着香未，可胜梅园腊月天？

1999年第5期

江泽民

纪念朱自清诞辰一百周年

晨鸣共北门，谈笑少时情。
背影秦淮绿，荷塘月色明。
高风凝铁骨，正气养德行。
清淡传香远，文章百代名。

1999年第6期

陈惠国

访香山黄叶村曹雪芹故居

为爱红楼爱雪芹，香山去去觅诗魂。
薜萝门巷霏霏雨，黄叶庭阶浅浅痕。
茅舍疏篱人宛在，秦淮旧梦曲犹闻。
文章憎命成终古，凭吊情天涕泪纷。

1999年第6期

霍松林

金婚谢妻

合并图书便缔姻，不贪财势爱知音。
鸾迁凤徙终离蜀，虎斗龙争不帝秦。
百炼漫言成铁汉，三杯何幸庆金婚。
百灵呵护频频谢，患难扶持更谢君。

2000年第1期

张　结

咏怀四首选一

半逢盛世半烽烟，往事分明尽眼前。
海笑山欢辞旧纪，云蒸霞蔚看新天。
忧民志壮曾尝胆，伏枥情豪敢卸肩？
暇日何须倚筇杖，为寻桃李遍名园。

2000年第1期

苏仲湘

世纪之交漫兴

世纪之交天地春，笙歌万里地球村。
五洲仍满玄黄血，举世应尊大写人。
德赛精神环保愿，马恩真义自由魂。
百年心力昭昭在，写向桃符勖子孙。

2000年第3期

沈其丽

登望江楼

幽香满苑气清新，洪度芳名传古今。
天府国中寻胜景，望江楼上拜诗人。
身孤强补梅兰谱，命苦偏登翰墨林。
一朵荷花开冷处，红笺空伴感伤吟。

2000年第4期

胡迎建

梦游巍宝山

地远天高莫弋鸿，滇王曾在此躬耕。
早鸣鼓磬浮云外，不尽山河宝镜中。
松可撑持倾盖绿，茶仍茂盛绽花红。
逝川难改登临兴，一笑烟开万虑空。

2000年第5期

李中峰

废粮票

闲翻册页理经函，学海飘来一片帆。
曾是当年活命物，今番权且作书签。

2000年第5期

刘　章

六十抒怀四首选一

转眼人生满六十，此心还似少年时。
孤烟大漠交新友，春水楼台唱古诗。
品酒每嫌杯太小，看花常怨步来迟。
两肩还欲担天下，嘱我儿孙莫笑痴。

2000年第6期

张进义

游沙湖

借得瑶池水，搬来金字山。
波平鱼跳月，风静鸟追蝉。
嫩苇千丛绿，娇荷万朵妍。
荡舟明镜里，宛若画中仙。

2000年第6期

刘敬娟

夜　吟

吟怀轻易岂能失，打点新辞换旧辞。

灵感大都随梦醒，残灯多半为诗痴。

月移花影三更后，风送鸡鸣破晓时。

寸寸柔肠搜索尽，春宵寒暖我独知。

2001年第1期

孙轶青

纪念建党八十周年

星火燎原盛世兴，中华崛起气如虹。

无边广厦连霄汉，蛇岁喜登新纪程。

2001年第4期

张脉峰

峄城纪游

旧地重游倍觉亲，石榴美酒沁诗心。
乡音本是钟情女，一曲笙歌慰故人。

2001年第6期

石理俊

橘子洲头

芳洲何日起湘江？独立风前思浩茫。
滚滚千秋前后浪，淘沙不止叹沙狂。

2002年第1期

王充闾

土囊吟（三首选一）

黑龙江省依兰县有五国城遗址。其地三面为江河包围，状似一敞口土囊。北宋祚终，徽、钦二帝及宗室三千余人被金太宗囚禁于此。

造化无情却有心，一囊吞尽宋王孙。
荒边万里孤城月，曾照繁华汴水春。

2002年第3期

刘　征

梅边漫兴（五首之二）

万种风情意态新，宜晴宜雨总宜人。
何曾许作孤山妇，家在江南红豆村。

2002年第3期

晨　崧

访问嘉鱼有感

三湖叠巘巧连江，一抹朝霞万缕光。
骚客深情神已醉，愿将逸韵献诗乡。

注：三湖，指嘉鱼县鱼岳镇白湖、小湖、梅澥湖。

2002年第4期

骆仲谦

西江月·过三峡

昨夜车行谷底，今朝船靠山巅。沧桑只在瞬息间，石壁平湖已现。　　莫道三峡消逝，奇峰绝壁依然。将来花果满山峦，又是猿声两岸。

2002年第6期

吴江涛

赠青年诗友

犹记同车兴味长，弥天风雨过长江。
明年若在磨山见，诗与梅花一样香。

2003年第1期

李光辉

为吊兰写照

屋外正飞雪，窗前一架春。
娟娟修叶碧，点点素根新。
无意争颜色，有情见寸心。
分身不问舍，一束也温馨。

2003年第4期

岳　坤

蝶恋花·昨夜星辰

昨夜星辰今坠远，风雨无情，暗把流年换。劳燕分飞嗟聚散，久别笑影烟云淡。　　有爱无缘千古憾，每到春来，总惹柔肠断。纸鹞已脱云外线，多情女子空牵念。

2003年第5期

江　涛

为爱女赴抗击非典一线壮行

驱倭荡蒋父先行，非典抗击女请缨。
众志成城殊死战，归来捷报缚毒龙。

2003年第6期

罗福江

晚 兴

发白齿落喜余闲，野蔌时挑煤自搬。
画里山楼晨起舞，炕头书海夜催眠。
远操家务客车上，近逗孩童小店前。
无事清吟高古调，得失莫到梦魂间。

2003年第8期

赵大民

谒黄帝陵

文祖衣冠何处寻，轩辕灵祀古延今。
手植巨柏犹滴翠，足踏青石尚有痕。
逐鹿中原存宝鼎，桑蚕百姓奠斯文。
炎黄裔胄追先祖，大业修成隆祭尊。

2003年第9期

李树喜

咏史·司马迁

大道无形太史公，千秋笔墨解鸿蒙。
披肝沥胆奇冤后，警世悲天品性中。
功过是非岂隐讳，王侯百姓共说评。
直书皇帝流氓相，报告文学老祖宗。

2003年第10期

张　超

论诗绝句

旧韵新声各短长，同生吟苑竞飘香。
恰如时历分双轨，元旦春节互不妨。

2003年第11期

郭述鲁

乡村速写

风和日丽暖洋洋，几只鸭鹅戏水塘。
满目青青新麦绿，绿绒镶嵌菜花黄。

2003年第12期

刘克能

接待青年诗词作者来访

衷情两忘年，相见润心田。
娓娓丝竹韵，拳拳肺腑言。
平生知己贵，此辈觅诗酣。
赋律切磋乐，何忧银发添。

2004年第2期

常振恒

闻程维高被查处

天网恢恢似细罗，封疆大吏又如何？
欺民便是击石卵，违纪宛如扑火蛾。
面具撕开麻点密，画皮剥掉臭虫多。
普通百姓方知底：程府原为老鼠窝。

2004年第3期

万裕屏

谋生谣之卖菜

衣单总被冷风吹，屋破常遭雨与雷。
日走长街含笑卖，夜挑残菜皱眉回。
时蔬鲜蛋随人趸，淡饭清羹独自炊。
岂望银行有存款，但求灾病莫相随。

2004年第6期

饶运振

山中感怀

百鸟为邻不感孤，三餐饭饱少贪图。
闲观山水有声画，静阅世情无字书。
风雨侵身多品味，烟云过眼任飘浮。
心安体健余生愿，腹有文章气自舒。

2004年第10期

刘国城

沁园春·沈园感赋

携剑南诗，过越王城，心仪放翁。曾大江击楫，楼船夜雪；雄关仗剑，铁马秋风。笔底波澜，心头孤愤，都付苍烟落照中。堪慰处，有沈家园里，呵护遗踪。　　山盟一误成空，剩离恨相思伴此生。对落花飞絮，凝眉咽泪；伤心碧水，照影惊鸿。粉壁尘开，钗头凤在，犹诉人间未了情。千古事，共鉴湖凄美，会稽长青。

2004年第11期

孙占国

水调歌头·游九寨沟

三月半山雪，九寨数峰青。寒烟凝翠春树，深壑荡松风。小路回萦花海，云水斑斓如镜，瀑布倒悬冰。绿意随风染，春色有无中。　　扶新竹，访山寺，踏莺声。藏歌低唱，偏有羌笛弄阴晴。人面桃花千朵，浅草鱼情万种，海水照天清。顾影相与笑，宠辱尽空名。

2004年11期

刘志法

咏钢卷尺

盒内蜗居栖此身，度量精确计毫分。
物什大小由君定，处世能屈亦可伸。

2005年第2期

马俊华

老　屋

青竹摇夜小窗前，稚子读书母未眠。
墙角灯灰依旧在，重来对影泪潸然。

2005年第2期

于德水

赋在重阳

莫为沧桑疏鬓哀，余年好景任心裁。
诗才浅陋真情在，俚曲啁哳自手排。
野径寻幽竹作马，陂池练字地当台。
拙愚不善蝇营事，为访寒菊花市来。

2005年第2期

王留芳

瑶台第一层·王码出世

1983年，五笔字型的王码诞生，使中文输入电脑的速度有望超过英文，在高科技领域确立了中文的世界地位。

汉字从来重形义，行文最有神。外来电脑，A、B、C、D，书写全新。眼前世界，科技狂飞，挑战中文。人说道：须、造坟埋字，留下拼音。　　欢欣。出来王码，奇男奇志建功助勋。字型五笔，伟哉软件，风满乾坤。美、欧攻汉语，现如今、不算新闻。庆吾民，“施氏食狮史”，再不烦心。

2005年第4期

王　旭

清平乐·甲申秋由京返蒙思及诸诗友

叶随风舞，零落乡间路。转眼别来搬指数，已定约期莫负。　　几番梦里相邀，草原纵马伏雕。对月盈杯无语，隔窗又醉清箫。

2005年第4期

康卓然

夜读《边城》，梦里亲至

乡音俚语朴还淳，笔下边城梦里魂。
村酿三杯忘今我，山歌一曲忆斯人。
年华流水花空谢，风雨渡船情自深。
欲问碧溪无限意，潺湲日夜待谁临？

2005年第5期

王树森

天山天池

火山喷后巨池开，王母新磨宝镜台。
岁月千秋何所待？雪峰倒影已头白。

2005年第6期

高　昌

珍妃井

封来苦酒浸芳魂，不是伤痕即泪痕。
井底波澜归寂静，心中锦绣枉清新。
红颜有叹关恩怨，清水无辜祸古今。
大内名园埋噩梦，人间寂寞百余春。

2005年第6期

汤沐黎（加拿大）

鹧鸪天・十五自审

意在丹青画忘归，顽心少染世间灰。扑蝶夏野摧红绿，捕蟹秋田剖瘦肥。　时似箭，岁如骓，箭飞骓去莫能回。无心顺雨积池水，有意随云化电雷。

2005年第6期

乔树宗

游白洋淀放歌

十川百淀滤轻尘，绮丽湖天雨后新。
霞染荷湾虹印水，风梳柳渚碧裁云。
渔舟返棹穿芦巷，鸭阵随潮没苇林。
晚唱悠悠何处起？沧波犹荡雁翎吟！

2005年第10期

溪　翁

“七·七”寄思

遥忆七七晓雾浓，狼烟肆虐九州同。
芦沟恨水何方去？融入华人血脉中。

2005年第12期

蔡永贵

观电视剧《杨靖宇将军》

铁骨铮铮正气豪，寒风凛凛舞征袍。
刀光落处摧倭胆，炮火飞来毁寇巢。
弹尽犹能拳作杵，粮绝腹有气冲霄。
将军旗帜凌霜雪，烈士忠魂化碧涛。

2006年第1期

杨贵全

咏白居易

风骚写现实，吟事更吟时。
歌重通俗韵，情托讽喻诗。
构思千虑注，兼济一生持。
乐府新篇在，堪当百代师。

2006年第2期

尹 贤

望南河

重见旧河滩。两岸青杨草色鲜。十里清波流不尽，人欢，时见皮筏与画船。　　园圃任留连。近厦遥山可静观。风送花香来鸟语，怡然，月照华灯夜不寒。

2006年第5期

黄云海

麻雀迁移

生态如今实可悲，长空难见健翮飞。

成群麻雀迁城市，竟效乡民农转非。

2006年第5期

白梅俊

回车巷

回车巷内看辙痕，将相言和誉古今。
同抱公心图大业，何忧无力御强秦。

2006年第8期

郭彦全

老　父

耋耄何曾有寸权？平生三尺伴一鞭。
但经秋肃同春暖，未傲桃馨与李妍。
烛尽灯残沉北斗，薪薄任重度流年。
银丝满鬓龙钟态，犹自蹒跚校舍前。

2006年第9期

沈　云

花　农

大棚基地四时花，拽住春风竞翠华。
万紫千红由客选，互联网上广批发。

2006年第9期

张艳颖

采桑子·探春

一朝轻雨传芳信，红沁桃腮。玉点梨白，谁把春光细细裁？　　溪前问取双飞客，娇啭难猜。未解情怀，风递花香暗语来。

2006年第9期

鲁秀舫

秋夜过三峡大坝

坝锁西峡月，平湖夜雾寒。

宜昌灯万盏，江水始安澜。

2006年第10期

张文辉

鹧鸪天·戏题小院

岂向豪宅漫自夸，平林绿处有人家。清凉如伞香椿树，馥郁袭人茉莉茶。　　龙胆草，凤仙花，几丛竹影动窗纱。闲听鸟语堂前燕，乐看花黄架上瓜。

2006年第11期

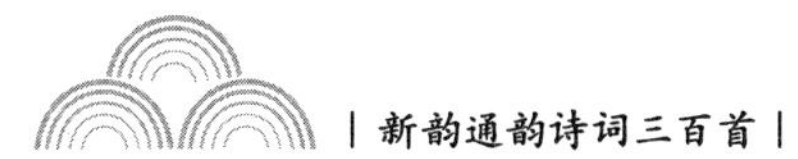

郭秀成

离亭送友人

离亭暗暗柳森森，凝目南疆遥送君。
相向空空无所赠，乡云细剪泪湿巾。

2006年第12期

陈文杰

过太平古镇

名冠东南信可当，太平古邑有虞唐。
平湖带雨歇天马，梅岭攒香栖凤凰。
九老诗清空业渡，双溪月好倚新妆。
风流更忆永嘉守，曾把屐痕印此乡。

2007年第1期

冯彦斌

抒　怀

爱将纸砚慰平生，驰骋朝夕每忘情。
览胜寻幽敲雅韵，雕花琢玉砺词锋。
千秋入笔襟怀远，万象成诗意趣浓。
未使功名遮望眼，蓬庐自酿好文风。

2007年第2期

孟宪明

山居吟

奇石荦确倚青松，岚涌芸窗白鹭鸣。
柳下垂纶潇洒甚，朝夕两度钓霞红。

2007年第3期

王玉明

踏莎行·黄果树瀑布

雨步花溪，晴游瀑布，万斛天水飞龙吐。溯流直上更游仙，扁舟明夜银河渡。　　北海波涛，南山竹树，洞庭秋草鄱阳鹭。徐侠胜迹我今超，蓬莱东去无多路。

2007年第4期

田恒炼

高阳台

2006年早春到陕鄂交界的陨西县上津古城，这一带曾是李自成、王聪儿等农民义军的活动区域，近年正在建设陕鄂高速公路。

拔地奇峰，接天野岭，莽然苍海如澜。日照烟墟，旧时楚塞秦关。盘肠小道依稀在，叹古来、世路艰难。记当年、李闯聪儿，喋血荒蛮。　　霹雷惊断高崖梦，看红旗指处，崩地摧山。巨柱排空，长桥飞架峡川。风驰电掣当今事，待车流、高步云端。望前程、万丈霞晖，锦绣重峦。

2007年第4期

谷中维

《中华诗词》朱德佚诗选读后

武亦精通文亦工，铿锵音律伴军行。
笔锋深邃江河泣，剑胆雄豪神鬼惊。
笺上珠玑映烽火，句中涛浪放心声。
不羁酣墨尽流淌，胸有风雷气贯虹。

2007年第4期

张贵军

观棋有感

更深无语静扶枰，敲落闲愁三两声。
局里得失难预料，个中纷扰总关情。
占边守角成方阵，略地攻坚思纵横。
弈罢回眸星满地，黑白世界两分明。

2007年第5期

吴　彦

贺《中华诗词》百期

风雨兼程十有三，华章数万百期刊。
弘扬国粹潮头上，引领骚坛旗帜先。
知古倡今推现韵，重新崇老继前贤。
参天大木植肥土，更历春秋著巨篇。

2007年第6期

钱家骧

毕业五十年见同窗

月色荷塘入梦频，重逢已是暮年身。
当年飒飒青衿子，今日萧萧白发人。
至死春蚕丝未尽，已伏老骥志尤殷。
明烛共剪西窗下，一笑何须泪染巾。

2007年第6期

王子江

北疆兵歌

军营寂寂月敲门，寒岭空空落雪吟。
想我界碑直立处，边山万座水晶心。

2007年第8期

何　鹤

来京作编辑有感

原本人生空自忙，为人作嫁又何妨。
凭窗审稿裁和剪，即兴赋诗疏且狂。
常恨京华无定所，可怜东北是家乡。
八达岭上撩云处，始信居高放眼量。

2007年第8期

王少峰

记老父病中

花甲退休百病缠，朝夕出入赖人搀。
雄风枉忆三边震，微力自食一饱难。
梦醒亲儿曾错认，话题旧事更强牵。
常嘘未老先衰矣，惟有笑声如旧年。

2007年第9期

姚光生

生查子·诗词函授班

结缘函授班，学教实相长。彼此不相识，月月书函往。
评改费心机，字字解迷惘。痴志沐春风，教诲一生享。

2007年第9期

王国萍

乡村风景

寻幽何必去名山，放眼乡间逸韵传。
风里花开摇烂熳，雨中径转续蜿蜒。
粉蝶迤逦青畴外，玉兔倏忽碧苇前。
都市远离清气爽，渔翁钓罢漫收船。

2007年第10期

马　凯

参加快哉诗书雅集
并贺中华诗词学会成立二十周年

鼎举吟旗岁月稠，今声古韵各风流。
情由心底清泉涌，境赖眼独妙笔收。
炼字无痕雕饰去，求新有味自然留。
引吭盛世砭时弊，翘首诗坛更上楼。

2007年第11期

杨玉保

清平乐·窗外茉莉

春期空负，绿叶团团簇。映日清辉光扑簌，入室馨香馥馥。　　夜来不忍垂帘，摘花几朵同眠。早起一枝斜戴，风中倩影翩翩。

2008年第2期

王冠英

乞食松鼠

秋风红叶送夕阳，如画丘山意味长。
小鼠乞食逐客紧，馋容掬手点头忙。
愧无饼果实尊腹，羡有名园作汝乡。
人物谐和情最好，天然极处是归藏。

2008年第2期

林别量

三江湖

三江自古汇绵州，今筑坝堤拦巨流。
倒映瑶阁波万顷，湖天一色任飞鸥。

2008年第3期

陈　斐

读《船山诗草》

一披一叹一悲辛，似对劫前未化身。
如梦浮生君早悟，太衰诗句我还吟。
丹心未死仙佛远，白眼常遭血泪淋。
魄散吹箫吴市后，风涛犹自叫天阍。

2008年第4期

张建伟

虞美人·汶川地震感赋

无端春事招人恼，此恨谁知晓？花深不见燕归来，却道西川平地起新灾。　大军劈路急施救，真爱何其厚！移山气概万千斤，华夏一心难里铸国魂。

2008年第6期

奚凤翔

外孙女捐款赈灾有感

不看卡通看赈灾，童心真爱泪盈腮。
手纤没有擎天力，一角一元也寄怀。

2008年第8期

郑伯农

水调歌头·望神舟七号

才演群英会，又见太空行。神舟直上霄汉，款款舞苍穹。极目高天宏宇，喜看出舱漫步，旗展五星红。莫道君行早，东土正腾龙。　　先驱梦，苍生愿，志士功。前仆后继，赢得热土沐春风。险隘难关犹在，应记征途遥远，共待越新峰，来日“神八”射，楼阁驻长空。

2008年第11期

张云丰

高考将临有感

十载寒窗待此时，悬梁刺股夜灯知。

莫愁来日无捷报，会向蟾宫折桂枝。

2008年第12期

易　行

破阵子·长城

山若惊涛骇浪，墙如烈马雄兵。又似长龙飞峻岭，驾雾腾云跨海行。神州万里城！　　昔日烽烟俱净，杀声梦里遥听。大路条条通海外，旗展关开化彩屏，豪情迎远朋。

2009年第2期

左河水

蝶恋花·代民工妻赋

一捆家书同枕宿，品品读读，魂系农家妇。黑夜梦迎千百度，远天望尽东南路。　　花谢花开寒与暑，高卷窗帘，对月遥相顾。春种秋收农事复，相思更比耕田苦。

2009年第3期

王　玉

清平乐·春到昆玉河

红堆桃岸，点柳低飞燕。碧水蓝天舒画卷，牵动情思无限。　　大都奥运新风，相邀四海宾朋。昨夜京门听雨，唤来多少春声！

2009年第4期

李树先

改革三十年感赋

曾经偶尔露峥嵘，妙展丝纶四海平。
尘暗秦貂成往事，云腾燕骏赋新征。
嘉禾献瑞铺金浪，神箭扬威遨碧空。
圣火激情惊幻渺，嫦娥无意恋蟾宫。

2009年第4期

邵惠兰

拜谒孟尝君墓

岁月沧桑感慨同，战国往事已朦胧。
虽曾门下三千客，不见荒陵伴古松。

2009年第10期

李　野

赠贾漫之二

谈诗对酒日，相顾尽中年。
好纵长沙笔，同成子美篇。
扬鞭激老骥，震腕泻长湍。
大野茫茫处，相期日月悬。

2009年第11期

贾　漫

次韵和李野之二

一九八三年五月四日，李野于深夜不寐之中，觅诗二首，读之震动。当时不能成和，返呼后，终于苦思成吟，欣录之。

弈局不了夜，相对叹流年。
易买金星笔，难成瓦釜篇。
衔杯饮碎月，投子震惊湍。
唯见银河里，屈平万古悬。

2009年第11期

紫金霜

观　钓

数朵野花隔岸明，箬竹竿上落蜻蜓。
并非严濑无香饵，只为蟠溪有善经。
千古会人留雅趣，一湾好水养闲情。
学僧静坐休多语，小浪鱼吹正动听。

2009年第12期

白凌云

青春诗会

又见京西暮霭宁，北国风物笑相迎。

天成稚笔十一少，萍聚丹心四海名。

纵论孑孑凋碧树，卧听簌簌落秋声。

苍生可待凌云势，一句春雷万叶青。

2010年第1期

徐双山

无　题

风云观四史，椽笔赏三苏。

盼燕桃花水，怀乡杨柳屋。

情牵楼上月，梦系枕边书。

已释埋珠恨，何须待价沽。

2010年第3期

康丕耀

无题六章选一

归燕啁啾绕暮梁，愁人梁下正彷徨。
一轩霁月唯余梦，半岭流云已化霜。
雨散梅馨留寂寞，风残琴韵落忧伤。
冰心也教蜂蝶误，独向天涯忆冷香。

2010年第4期

田凤兰

浪淘沙·相逢

碧水映夕阳。柳绿菊黄。相逢如梦醉他乡。歌舞花间留倩影，共度时光。　　聚散太匆忙。情意深长。举杯邀月路茫茫。执手幽幽凝泪眼，苦断人肠。

2010年第5期

陈兆楷

夜宿巢湖卧牛山

湖天悬冷月，孤雁掠空鸣。
风卷丹枫落，雷击白鹭腾。
乌云侵北斗，浊浪撼航灯。
猿啸梦中境，卧牛迁客惊。

2010年第5期

徐崇先

登鸡角尖

登高万仞惊回首，笑指南洋一杖间。
顶室白云龙峪渡，雷公山下荡青烟。

注：鸡角尖为豫西伏牛山脉最高峰。

2010年第5期

刘传华

感　怀

趋市沽新酒，倾杯解旧愁。
有心怀往事，无奈看白头。
常忆儿时乐，方知岁月稠。
岂言迟暮晚？诗赋度春秋！

2010年第6期

张志山

稻田遐想

新村何所有？千亩稻花香。
岁岁插秧日，田田映镜光。
牛来云上走，鸟在水中翔。
天地一张画，人人画里忙。

2010年第7期

彭振武

鹧鸪天·桃乡情韵

枝上黄鹂弄好音，清歌引我望红云。初开桃蕊羞含露，兴致骚人带笑吟。　　偕老伴，逛桃林，赏花翻做画中人。抢拍人面桃花照，挽住心中一片春。

2010年第9期

周官盛

支　边

惜别齐鲁到边关，正茂风华不记年。

风雨烟尘多少载，荒原今是米粮川。

2010年第11期

陈　亮

乡间即景

古木藤花四五人，青石小凳对柴门。
老驴拉碾斜阳碎，一袋烟锅化晚云。

2011年第1期

张　申

秋　思

烂漫山林霾沐轻，南飞归雁剪西风。
江涵秋影孤帆远，霜浸征衣行色匆。
千古沧桑终有道，八方聚散总关情。
劝君莫做伤时客，篱下菊魂尽韵声。

2011年第4期

汪国真

赠青年诗友

花好情浓剑气寒，飘然诗笔落云端。
忆昔燕赵相逢日，座上峥嵘一少年。

2011年第5期

鄢良斌

浣溪沙·瞿塘峡

栈道悬棺古韵添，瞿塘峡口水流烟。雄奇墨宝壮河山。
水患千年皆老梦，晴岚万里尽良田。金橘绣在彩云间。

2011年第6期

李友桥

龙山吟

晓风吹梦透帘栊，遥望春山回味浓。
淡淡梨花方绽素，灼灼桃蕊已飞红。
人穿树下香千缕，蜂点枝头雪万重。
林海徜徉心醉也，忽听啼鸟又一声。

2011年第8期

焦立英

山沟一日游

一两白云一两银，纯真最是守荒人。
鸡鸣卷起半坡梦，日落挑回两篓金。
花媚缘因多韵事，喜盈乐在少贪心。
松声水影桃源路，腊肉新馍待远亲。

2011年第9期

刘　芸

思佳客·看秦腔折子戏专场

雅乐惊魂饮醴泉，锦衣闪烁唱腔圆。花前悲苦缠绵诉，月下情思委婉传。　彰礼义，颂忠贤，秦声古韵梦长安。红梅独俏迎春早，艺苑新星亮海天。

2011年第10期

祁茗田

卜算子·退休后迁居郊外

我自草根来，复返紫庐处。匍地深知润土香，更有冰和露。　又见野花开，溪水清如故。天籁声声绿满山，万物弗相妒。

2011年第11期

杨杏林

行香子·沿口村抒怀

绿树村边，乌鹊云天。海提西，一马平川。机耕路阔，排灌渠连。正麦梢黄，桑条嫩，果蔬鲜。　　溪拨琴键，楼列骈肩。掩浓阴，鸡犬腾喧。垂髫黄发，各乐怡然。看境蓬瀛，业红火，众如仙。

2011年第12期

鲍英洲

《富春山居图》合展感怀

富春入画隐秋声，醉享奇山异水情。
峰树云烟听鸟语，溪桥茅舍看舟行。
一朝焚卷千年恨，两岸联珠百代功。
再世黄翁新写意，海峡日耀碧波明。

2011年第12期

秦岭吟

游秦岭青峰峡

避暑夏都登太白，青峰高矗九天台。
千山对峙来云外，一水奔腾入客怀。
日脚悬泉银汉落，山根爽气绿风来。
夜闻枕下沙沙雨，原是清溪涨碧苔。

2012年第1期

刘南陔

八声甘州·惊悉汶川映秀暴发泥石流

正连天暴雨困西川，滑坡毁田畴。更排山倒海，铺天盖地，虎下平丘。桥垮车翻路断，羁旅最堪忧。洪水盈山谷，泪洒寒秋。　　又报灾区险讯，令神兵天降，一战难休。奋掘机挥臂，众力斩魔喉。护家园、啖风餐露，保乡邻，数夜不合眸。方赢得、雾开云散，岷水南流。

2012年第1期

高峻昆

杂 感

陋室蛰居万念除，终朝面壁不觉孤。
菊花两盏三餐饭，电脑一台四壁书。
机键频弹吐胸臆，诗词常改探玑珠。
小楼风雨浑如故，翠叶敲窗唤不出。

2012年第3期

郭殿文

艾

茨蓬为伍野生根，名在芳行未入身。
一旦人求采其用，火煎汤炼只温馨。

2012年第4期

丁浩然

无　题

春来万物竞催生，满树桃花映日红。
待到果熟花落去，成泥也欲护新丛。

2012年第5期

范诗银

贺新郎·读稼轩词（三首其一）

初诵辛郎句，少年时、边关执铁，夜阑私语。曾把闲愁吟成梦，还把丹心相许。长天倚、飞红乱紫。青史若编七彩卷，勒功名、遣我东都纸。风正起、鲲鹏举。　　貂裘锦帽泉城子，渡江来、一腔热血，荷花十里。三羽江淮凭一箭，笑纳天山袖底。算只有、千篇豪气。相似古今唯肝胆，为谁殇、又有谁知耳？襟上雪，空流去。

2012年第5期

卫新华

中秋近

薄雾如烟此夜清，寒欺草木渐凋零。
年年得赏中秋月，却是年年月不同。

2012年第7期

孙长春

撸榆钱

半老荒山半老林，忽如一夜解红尘。
高枝挺进青云路，赠我榆钱好购春。

2012年第7期

郭少威

夏　雨

仙娥底事泪滂沱，欲把幽思灌满河。
天上闲云原雅静，人间尘雾竞撩拨。
掩妆只为开心少，蒙垢能无怨恨多。
待到天公澄玉宇，邀登明月逛银波。

2012年第8期

景　涛

苏州游

姑苏烟雨画中留，弦断二泉凉月幽。
一曲梦梅歌婉转，丝竹声里话吴钩。

2012年第9期

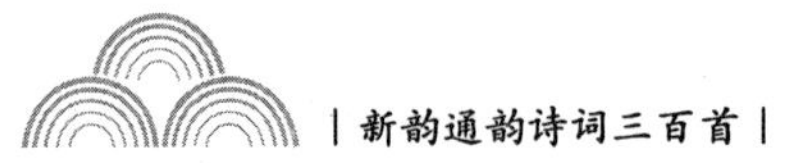

徐　舒

东郊春树

东君开景运，雨浥绿无边。
故道涌桑海，小桥生野烟。
花香晨槛外，燕语暮檐间。
莫叹斯痕古，新园胜旧观。

2012年第9期

马云骧

砚

海样胸怀万象容，历经翰墨起飙风。
皂白红紫凭浓淡，龙虎风云任异同。
方寸居然能用武，平川蓦地可飞虹。
天公不使清泉断，无限玄机辗转中。

2012年第10期

张桂山

行香子·赛马

待命出征，万众无声。令旗扬，地裂天崩。铁流喷涌，大漠狂风。看天无日，山无影，鸟无踪。　　天惊地动，万众欢腾。展雄姿、虎跃鹰行。疾驰十里，一字长龙。更头如箭，身如练，尾如虹。

2012年第11期

陈斯宏

赏骆马湖新城晚景即兴

西涯收落日，东岸亮新城。
山抹霓虹色，湖添云汉星。
轻风提兴致，细浪漾诗情。
爱晚不觉晚，钟敲十二声。

2012年第11期

林国玺

红山公园雨后游

清晨雨罢入园深，洗却尘埃景色新。
雾霭氤氲烟裹柳，花云缭绕气袭人。
碧波桥拱湖中月，画舫楫推水上纹。
步进丛林更得趣，聆听莺语伴笛音。

2012年第12期

李泓禧

上黄石寨

斜挂青霄巨缆悬，飞身穿雾上云端。
与仙并立黄石寨，满目峰涛絮海间。

2013年第1期

刘耀南

虞美人·访曹雪芹故居

潇潇细雨幽篁路，黄叶村中驻。依稀孤馆断肠时，空见古槐滴露、梦中痴。　　华章千古辛酸泪，谁解其间味。但持杯酒吊翁魂，脉脉西山佳气、蔚文心。

2013年第2期

曹印宝

车过山海关

动车一路啸平川，快似光阴飞过关。
战阵早非今日事，封疆已改旧时颜。
青峰因势盘龙脉，白鸟随风下稻田。
极目苍苍望东北，秋霄澄净暮云闲。

2013年第2期

张国中

鹧鸪天·乡村

滴翠松樟映早霞，连天雾霭起山洼。高空横纵蜘蛛网，电柱参差密似麻。　　蒲草绿，紫藤爬，山间野壑百花发。青纱帐掩红别墅，燕子归来不识家。

2013年第3期

车小林

晚　泊

苇荡禽初定，烟村月笼纱。
堤边小桥畔，一缆系渔家。

2013年第4期

竹　风

喝火令·登贵阳贵人山

僻径松林茂，危岩蔓草长。野菊含露吐幽香。眼底气蒸黔海，楼舍汇汪洋。　　漫忆三无地，关刀鉴贵阳。史河淘尽旧风光。远了征伐，远了草头王。远了造神时代，谈笑话沧桑。

2013年第4期

王海顺

松江湿地

接天芦荡望无垠，蒲草飞香醉客心。
野鹤江鸥频顾我，似约人类共栖身。

2013年第5期

段福军

临江仙·回家过年的人

冒雪顶风回故土，行囊背负匆匆。码头车站贯长龙。料知村寨内，廊下挂花灯。　　万里打拼圆梦路，随波一叶飘零。酸甜苦辣在心中。温馨年夜饭，喜庆爆竹声。

2013年第6期

李建华

指南针

总是朝南指，从来未变心。
航行千万里，助尔不迷津。

2013年第6期

潘光明

对 酌

入座对相凝，风云满眼盈。
银盘堆絮语，红酒荡激情。
煎炒人间事，烹炸岁月声。
举杯酌友谊，挥手踏征程。

2013年第7期

张海阔

蝶恋花·白发电脑班

老眼昏花屏上绕。一束枯枝，也练神仙巧。闪闪银丝牵手脑，核桃脸上春风扫。　　教练穿梭林里鸟。锦绣幅幅，织此翁和媪。插翅网中昏与晓，神游天地争分秒。

2013年第7期

潘家定

宿州皇藏峪

平川奇有岭低环，林密崖深暗道旋。
楚汉刀光足可证，民心向背是江山。

2013年第10期

张天男

澳门海上

不堪明月醉今宵，且倚江船望海潮。
老絮任凭风调遣，残灯岂免泪煎熬。
春思渺渺十年恨，夜色沉沉万里涛。
花到落时梦初醒，凭栏又是雨潇潇。

2013年第11期

吴哲辉

雾

气湿寒浸入初冬，连日压城雾渐浓。

漫道阴霾千万里，最高层外有晴空。

2013年第11期

岳如萱

漠　河

激浪飞舟趣事多，青山相对费斟酌。

金鸡冠上风光异，最北还应数漠河。

2013年第12期

刘国辉

金缕曲·秋夜独吟

客里消磨久。看庭边、花开花落，白云苍狗。萧瑟秋凉今又是，冷暖羁人自守。衣镜内、形单影瘦。犹记翻波商海里，也曾经、欲试拿云手。终未竟，梦空有。　此身恰似风前柳。算年来、几曾辛苦，几曾奔走。漫说书生非好运，欲诉无从开口。思往事、终难回首。每赋新词君莫笑，是真情、为问谁知某？轻举盏，慢添酒。

2013年第12期

李保才

山南人家

青山绿水净尘埃，花圃茅篱斜径开。
满院春风随意取，几畦蔬果纵情摘。
掘塘屋后钓闲梦，酿酒堂前醉雅怀。
坐落千畴无限景，蓬莱仙境莫须猜。

2014年第1期

庞东邦

元旦见太阳升起

夜月阴寒冰雪凝，终呈天象大光明。
日凌关塞辉长野，霞借晨风艳碧穹。
热酒浇肠逢岁首，华章伴我醉冬隆。
今朝应是登高去，踏上新年最顶层。

2014年第1期

高　歌

游龙山梅园寄兴

不谓难求自乐天，尽将豪兴寄郊原。
歌飘柳陌乡音近，鸟过山门野趣添。
忽见枝头新雨后，绝非驿外断桥边。
老梅赠我三分稚，好伴春光学少年。

2014年第1期

陈西周

题友诗集

连日偷闲对北窗，欣然吟咏见行藏。
披星跋涉三农路，追梦筹谋百业乡。
花草无声皆烂漫，诗词有骨自轩昂。
何时共沐涤尘雨，再诵清风遍大荒。

2014年第1期

韩秀松

探望小学老师

师恩难忘忆当年，一握离情尽释然。
微雨初播心荡漾，遗珠重拣梦斑斓。
青春曼妙悄悄品，岁月雍容细细翻。
最是村醪知客意，频斟祝愿到樽前。

2014年第2期

静　荷

秋日感怀

西风摧落木，瑟瑟满空林。
红叶题诗早，金菊入砚深。
飞霜欺鬓角，归雁寄秋心。
何限今生意，夕阳共我斟。

2014年第2期

蔡志民

感　秋

雁语忽传北地凉，飘飞一叶染初霜。
独酌篱畔无人和，唯就清菊品淡香。

2014年第4期

师红儒

《马邑诗词曲》发刊有寄

莫笑风沙塞野多，也生花草两三窝。
个中真味平常见，弦外清音少梦过。
振起边声催老泪，催升素月入新歌。
酬君浩荡高秋意，浊酒千杯需饮么。

2014年第5期

孙淑静

无　题

静谧秋波水上平，残堤烟柳锁千重。
今宵还是朦胧月，惜已景同人不同。

2014年第6期

孔　梅

踏　春

莺声婉转过江滨，一季芳菲墨未匀。
雨向几株花染色，云出数片绿浮尘。
桃夭偏怕诗无力，柳媚当期笔有神。
紫陌临风得好韵，于闲暇处觅天真。

2014年第7期

董益仲

画中行

青墨染生机，烟岚渐欲低。
松峰留雪色，江渚散花霓。
清韵天然秀，空灵造化奇。
言将春意远，也在画中迷。

2014年第7期

陈中寅

题曾国藩故第藏书楼

万卷知谁睹，来嗟故第旁。
勋碑铭末世，血雨话长江。
梦远书翻案，楼空叶上窗。
文韬应觉浅，攘外鼎难扛。

2014年第8期

宫殿玺

岁末诗友雅聚有作

有雪轻飞引兴长，百般心曲谒三阳。
待温老酒敲冰片，遍放柳风拂野塘。
世味用情当满意，豪奢摆阔也庸常。
华灯一夜消寒去，频写春诗说晚香。

2014年第9期

胡水莲

忆 旧

童年事又入心屏，忆罢扑蝶忆采菱。
更忆一席秋月下，阿婆教我数星星。

2014年第10期

聊十程

满庭芳·抒怀谨和冯泽老

大梦方回，此身合是，带戈惊碎楼兰。杜鹃开遍，直欲咏千言。屈指一十五载，文章事，未负流年。惜春好，男儿仗剑，守土志凌天。　　挥鞭。毒瘴起，东方雾重，日月难安。请缨缚长鲸，心比狂澜。笺上新诗已就，待投笔，叱咤云边。春回日，故国有我，横槊立关山。

2014年第11期

孙　杰

渔家傲·台子段黄河景区即兴

胜日一游真惬意，冲天香阵荷芳立。碧水方塘白鹭起。迎客至，绿园特色新天地。　　南北飞桥联铁臂，大河奔涌平川地。筑梦中华新世纪。齐发力，醉心一曲长风寄。

2014年第12期

隋鉴武

新年后外出打工者

窗前絮语两情深，腮印娇儿小嘴唇。
正月初三打工去，心头一片艳阳春。

2014年第12期

胡　彭

朝中措·说诗

诗魔酒魅最撩人，颠倒过晨昏。最恸伤时一笑，不经意处千巡。　　拈花月魄，捧杯山鬼，捉笔精魂。帘外神仙闪烁，屏间词藻缤纷。

2015年 第1期

吴学模

牵牛花

蔓细腰柔不自哀，攀高望远寄胸怀。

翠竹若借三千尺，敢破云层向日开。

2015年第1期

雷汉信

菩萨蛮

春花春草牵衣袖，欢声笑语浓荫后。甜蜜染花红，幸福香正浓。　　而今人已走，寂寞伤身酒。翻看旧情书，滴滴小水珠。

2015年第2期

赵晓明

谒沈从文墓

藤萝曲径少人行，山静江流古树清。
兰芷竹石恬侍坐，听涛岩上沐和风。

2015年第2期

郭凤祥

题清廉石

笔劲刀锋利，雕石也认真。
若镌心坎上，字字重千金。

2015年第3期

孙志江

逢雨寄远

漫步京畿满目春，欣逢细雨洗浊尘。
家乡柳可生娇叶，田野风当响翠音。
共度天时思燕语，独求节物系民心。
不曾撑起遮阳伞，更愿清霖润此身。

2015年第4期

韦　勇

秋日思语

香红已渐歇，木叶乱云叠。
怅做他乡客，嗟违陌上约。
萧风割瘦影，落日冷长街。
极目关山远，归心寄梦蝶。

2015年第5期

王亚杰

南歌子・中秋

日隐花犹在，风急草点头。多情细雨洗轻愁。检点菊黄萸紫、又中秋。　　玉酒三杯冷，清箫一曲幽。今宵无月也登楼。试问嫦娥此刻、为谁留？

2015年第6期

纪　明

西江月·突泉首届蒙古象棋大赛

老叟霜飞银鬓，少年霞染腮红。开棋对阵巧排兵，杀气凝着寂静。　　下手狠招夺命，出奇化险重生。谋成一步看输赢，世事如棋无定。

2015年第7期

杨　清

蜘　蛛

世道精通技不穷，八方牵线网凌空。
打劫莫问疯狂态，挂靠高檐任纵横。

2015年第7期

梁晗曦

临江仙·鸢尾

破茧成蝶织绮梦，娉婷陌上腾鸢。深丛浅黛舞翩跹。娇柔堪闭月，典雅可追兰。　　斜倚氤氲抽绿玉，葱茏闲染层峦。幽幽倩影总如仙。妖姬来世外，神女落尘间。

2015年第8期

李旭川

西江月·秋色

遍野渐脱层绿，远山淡隐重蓝。青纱落尽更天然，溪路村居皆现。　　黄叶已着白露，丹枫漫起晴烟。故园秋色又一年，都是梦中常见。

2015年第9期

祁　嫣

采桑子·春梦

桃花瓣落人将寐，浅醉微微，娇困微微，枕上清愁低蹙眉。　　一帘红雨风织就，莺也相随，燕也相随，绮梦空凭次第飞。

2015年第10期

谷萃健

谒杜工部草堂

遥看花溪内，纤竹掩草堂。
碑亭风瘦影，水槛镜浮光。
笔隽千秋气，名留一室芳。
三别三吏后，谁敢比文章？

2015年第10期

石艳萍

寄　人

天上澄澄月，辉光照小城。
远人新梦里，别有一窗明。

2015年第11期

张　伟

闾山读书堂

掸落来时路上尘，蹑足唯恐扰斯文。
几朝风雨山将老，半壁辞章墨尚新。
有箭难寻射雕手，无石敢忘补天人。
松涛如诉谁能解，吹绽梨花又一春。

2015年第12期

冯晓伟

登紫云山归晚

邂逅清凉境，心中自寂然。
白云披寺塔，绿水抱丘山。
细细松花落，迟迟林鸟喧。
不觉迷去路，村疃起炊烟。

2015年第12期

那成章

卖老宅

遮风挡雨几十春，小院瓜蔬色色新。
一纸契约和泪立，主人此后是他人。

2016年第2期

孙道雄

答客诮

骨硬腰直少媚心，不因俗利玷诗魂。
为人最耻从庸众，处事常羞步后尘。
煮字疗饥求半饱，修身养性守全真。
炎鸡势犬谁攀附，乐道安贫自有春。

2016年第2期

王学双

罕　山

静听雁语驾松涛，想象扪星附碧霄。
守夜凝神悬月镜，向天昂首拭霜刀。
磅礴终见峰峦耸，风骨悉凭雷电削。
久历茫茫迷雾扰，不因磨砺减崇高。

2016年第3期

齐桂林

农　家

雨甘驱暑热，四野焕生机。
极目山方翠，闻啼燕正低。
肥施阡陌北，羊牧坝堤西。
入夜庭中坐，新茶对月沏。

2016年第3期

殷宝田

客中杂咏

寂寞心无主，独泊两地舟。
云深山未老，许我一帘秋。

2016年第3期

刘贵峰

蒙　山

云间寻路九千重，径入深林便不同。
奄有龟蒙成浅岱，遂经栈道向幽暝。
灵芝抱木前尘远，长瀑听涛惬意生。
口齿留香何所忆？涧边煎饼卷山葱。

2016年第4期

崔杏花

卜算子

最爱那时春，最爱花开早。最爱江南雾柳边，同看炊烟袅。　　依旧手相牵，依旧桃花绕。依旧攀来问脸红，不信青春老。

2016年第5期

董永夫

偕友步晚

闲步田家趁晚晴，还疑放眼是丹青。
篱花带雨香枝软，陌柳摇尘玉叶轻。
春水莫嫌鸭弄皱，寒林有待燕衔红。
天泼醉墨一幅画，多少情怀山野中。

2016年第5期

陈慧茹

减字木兰花·杏花

东风吹遍，不让邻家桃李艳。自是多情，欲绽还羞点点红。　　佳期渐近，早有蝶蜂传喜讯。吉日良宵，淡抹浓妆一样娇。

2016年第6期

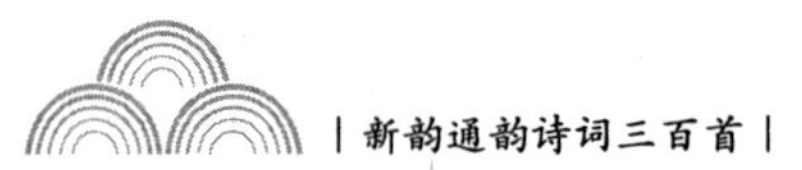

徐淑春

邂 逅

邂逅惊瞠目，欣悲两鬓斑。
虽然鱼雁断，终是梦魂牵。
四秩心稍静，一石浪又翻。
往昔多少事，彻夜忆联翩。

2016年第7期

张英玉

雨中游红叶岭

雨减秋容不减情，无妨健步向山行。
路幽深处欣花绽，风懒散时闻鸟鸣。
岭上红分千嶂丽，天边黄到数丘平。
呼朋直欲凌云上，想见苍茫眼底生。

2016年第8期

谭国祥

踏莎行·红河阿姆绿韵

万顷青山，千年古木。藤条缠绕参天树。横沟纵涧荡清溪，峰峦叠嶂流飞瀑。　　岭动霞光，山飘野雾。飞禽走兽栖居处。风花点靓莽山春，绿林韵染云端路。

2016年第8期

耿运华

临江仙·光阴的故事

犹记单车嘹亮里，任它阴雨晴风。同行都是小年轻。书包包不住，处处好心情。　　似水如沙难握紧，往来一样匆匆。当初青鬓已无踪。放眸山未转，兀自近征鸿。

2016年第9期

李 篱

题青泥河主人壁

我来山里弄春晖，贪看棋局不肯归。

况是晴明天气好，桃花人面在柴扉。

2016年第11期

金胜军

杜鹃花

一朵芳菲一首诗，云霞片片任君题。

东风若问心中愿，守望春山永不移。

2016年第11期

常建国

界岭口

欲了边关愿，今登界岭峰。

天从云际起，地向海中倾。

猛志今昔贯，长城左右横。

秋风吹野木，犹做劲镝鸣。

2016年第11期

赵云鹏

汉宫春

好梦深寻，忆桃蹊点雨，柳陌吹烟。约来虹晴短棹，月满香肩。人情顿变，信风歇、春去无端。最可恼、黄昏杜宇，声声犹带春寒。　　手种蔷薇开谢，任消磨绿鬓，零落云笺。何妨久淹客里，小醉风前。非干往事，旧时衣、锁了还翻。都不管、断肠人在，此时梅雨江南。

2016年第12期

王会东

盛 夏

独自溪中坐，心随大壑开。
流云经谷入，峻嶂向天排。
树染蝉声翠，石激野水白。
冰心堪寄此，诗句任人裁。

2017年第2期

王友旭

雁荡山答友人

君问山中事，云闲泉水悠。
奇峰连碧海，飞瀑落龙湫。
冷月天边雁，斜阳湖畔鸥。
相思千里路，极目大江流。

2017年第3期

陈　红

扬州慢·梦回古寨

涧道萦回，青峦交错，绿荫细雨滴滴。觅苔石旧径，掩荒草萋萋。自群雁、迁居离散，梓桑难辨，唯见桃梨。雾蒙蒙，忽起清风，泪眼迷离。　　锈蚀钟磬，见危崖、古寺乌栖。纵枯木无心，神佛无怨，岂可安息。叶落古潭微漾，黄昏近，柳影依依。问篱边花朵，为谁开到荼蘼？

2017年第3期

罗　援

2017年元旦有感

霾遮雾障一时灰，风过习习晴日归。
东海劈波镇妖孽，南疆填岛显国威。
毒瘤不剪痈成祸，霸痞强横唾乱飞。
萧瑟寒冬看瑞雪，枕戈仗剑待春雷。

2017年第4期

焦　峰

新年感怀

新春日色果真妍，心事凌霄变蔚蓝。
凭酒人生滋味在，赋诗笔触气格宽。
岂由夔府羁昏眼，还梦长安拜圣颜。
但有精神追日月，光华几许任由天。

2017年第5期

刘　峰

卜算子·雪的感悟

天地共方圆，日月同辉耀。春夏秋冬复往来，各有阳关道。　　风雨任情飘，寒暑无情闹。大雪纷飞寒腊时，却把丰年兆。

2017年第6期

康根正

一剪梅·大鸿寨归来

树树盈眸杏雨花，山上匀霞，山下飘纱。层林尽染吐芳华。雪泻沟洼，香漫云崖。　　满载春光返我家，一半分妈，一半分她。邀邻院里煮清茶。桃也新芽，李也新芽。

2017年第6期

张克复

吊李广墓

文峰草色新，来拜李将军。
射虎石吞羽，摧锋虏丧魂。
身先安汉土，名显上青云。
遑论封侯事，公平百姓心。

2017年第6期

星　汉

与沛县诸诗友微山湖泛舟

漫天春色不嫌多，驿路梨花过运河。
垂柳新翻长袖舞，晴波犹起大风歌。
中原社稷频更换，小沛英雄耐刮磨。
红日青山与诗绪，渔家一网尽收罗。

2017年第7期

魏艳鸣

金陵怀古之秋临凤凰台

尚有一江陈迹留，繁华如梦逝悠悠。
文章犹记堂前燕，台榭空闻云外愁。
且枕青山扶我醉，欲呼白鹭伴人游。
凤鸣几度南朝寺，风送清秋又到楼。

2017年第7期

江　岚

夜宿醉根山房看雨

夜深何处桂香飘？灯照山门觉更高。
残雨零星犹自落，恍如天使下重霄。

2017年第8期

包　岩

曹居初春雅聚

故园烟柳故园莺，秀水繁花入画屏。
万树新枝拥皎月，一坛老酒煮豪情。
无缘退步当精进，有幸依君作启明。
若待他年春草暮，白云如旧绕高亭。

2017年第8期

黄权衡

悉尼探亲

天伦虽是自然情，无奈漂泊觉似萍。
雨润花繁非属我，乡思恰似草丛生。

2017年第9期

冯绍邦

小　草

青青坡上草，未染世俗尘。
咬定三分土，自成一片春。

2017年第9期

周文彰

岳麓书院感怀

涓涓学脉越千年，众派融合汇盛筵。
湘水余波东去远，濂溪滋养水之渊。

2017年第10期

赵安民

丝路重镇鲁克沁

树阴掩映老城头，汉将钟情细柳柔。
古道文明通美亚，驼铃悠远送丝绸。
楼兰故地黄沙重，鄯善新天碧叶稠。
木卡歌吟千载史，绿洲生长界沙丘。

2017年第10期

王恩堂

临江仙·思归

点点梅花吐蕊，行行锦字临屏。家园一梦记心声。那时天上月，曾照二人行。　　处处都闻年味，浓浓正是乡情。行囊除去一身轻。寒风横野道，深雪满归程。

2017年第11期

莫真宝

绿杨宾舍漫兴

日光到眼鸟声旋，疑是阳春三月天。
最爱更深急雨后，晴空阔水好行船。

2017年第12期

时　新

临高角吊渡海烈士

我来不见旧风烟，累累遗名上塔巅。
峡水分庭怒跋浪，长帆赴命气冲天。
桐村血洒一抔土，琼岛情埋五指山。
游客漫言南海好，英灵雄魄伴波眠。

2017年第12期

李文朝

赏剑答友人

地灵万载化青铜，炉火千锤寒气生。
利刃犹存争霸血，霜锋尚驻战国风。
斑痕历述沧桑事，锈渍评说兴替情。
武略文韬同探索，诗心剑胆共和鸣。

2018年第1期

杨逸明

下厨戏作

君子殷勤不远庖，嘉宾小聚赞佳肴。
蒸鹅下豉鲜而嫩，炸奶添香脆且娇。
主外男儿兼主内，挥毫诗客也挥勺。
寻常作料奇滋味，得此功夫品自高。

2018年第1期

潘　泓

北漂者一日

不待朝阳照睡城，回龙观里已燃灯。
出租屋噪三千众，报点钟催四五声。
何处打工张女士，即时刷卡李先生。
头班地铁来应快，摩拜匆忙踩未停。

2018年第1期

唐双宁

浣溪沙·衰草

无意冬云挤晚霞，群山漫步入天涯。风梳暮雪浣白纱。

人叹雪欺昨日草，我称纱绣翌年花。草衰尚可护春芽。

2018年第2期

宋彩霞

秋日访五渡河

风吹红蓼麓汀幽，山影清波带叶流。

取暖小鱼浮水面，催甜新果挂墙头。

谁怜百姓多贫苦，自认诗中太瘦柔。

何日学他蓑笠叟，一竿烟雨钓金秋。

2018年第2期

廖海洋

结婚十九年纪念日赠妻

一根藤上命相连，转瞬套牢十九年。
心底早成亲妹妹，眼中犹是小甜甜。
家从细处当得好，子自幼时抓更严。
精彩剧情才启幕，凭卿导演写新篇。

2018年第2期

李乃富

老同学聚会感兴

五秩分离久，相逢话语多。
流年嗟逝水，较劲忆拔河。
面老风霜赐，心平岁月磨。
何当重聚首，畅饮复高歌。

2018年第3期

徐俊丽

雨夜行吟

十里灯光略冷清，长街水汽正朦胧。
谁言秋雨无滋味，一入人心各不同。

2018年第3期

林　峰

鹧鸪天·贺浙江省诗联学会换届

帆挂钱塘薄霭开，遥天又见鹤纷来。潮奔白马闻绝响，日照金鳌荐逸才。　梅气度，雪精怀，诗心一点眇尘埃。今朝把盏苏堤上，笑看花飞百尺台。

2018年第3期

姚泉名

奉和庄伟杰兄别后有寄

武昌九日桂花黄，倾尽豪情酒满江。
几许愁心怀远路，一城明月散幽光。
如风和煦言辞暖，带梦清奇文字香。
君自袖云归岭海，裁来潮信入新章。

2018年第3期

周　南

西湖早春

玉兰泛紫碧桃新，是处修篁长子孙。
雅令风华随逝水，湖山依旧惹诗魂。

2018年第4期

刘庆霖

退役杂感

从戎万日守边庭，解甲百天思故营。

梦里集合惊坐起，一抓军帽泪忽倾。

2018年第4期

孙艳华

踏莎行·老村荒园

木栅风拂，石阶雨扫，晨钟托付枝间鸟。从前园圃遍植蔬，而今人去屋生草。　　芩紫方熟，萱黄未老，一香一瓣攀折好。客归不做采花人，防它泪下湿清晓。

2018年第4期

罗　辉

鹧鸪天·还乡即兴

故地荷花别样红，白头青眼话三农。曾经爱煞城关月，今个争追乡野风。　村落里，画图中，新天不与老天同。往时双抢腰弯断，当下机声处处隆。

2018年第4期

程大利

癸巳观文徵明画展

吴江烟水墨痕染，文沈辉光代不眠。
山水清奇多逸品，千江一月古今还。

2018年第4期

马明德

踏　春

步履轻盈乘好风，更从小径觅香踪。
意随杨柳蛮腰舞，韵寄榆梅素面红。
菜籽花如霓彩著，秦河水似眼波横。
欲调广角夕阳下，难摄春深一段情。

2018年第5期

吕云峰

题乞讨老太施舍图

托钵拄杖也倾身，老迈未辞悲悯心。
不顾自家兜里少，却怜他个碗中贫。
胡弦声哑怎言谢，病体力衰难报恩。
此世虽为无产者，亦能长做善良人。

2018年第6期

刘月秋

冬日观碣石有感

海若无尘镜，昭昭鉴史长。
韬深藏魏武，浪远负秦皇。
望断接天水，寻无驻月廊。
怆然一梦逝，唯见数鸥翔。

2018年第7期

姜　彬

看街头杂技

真真假假假真真，鱼目龙珠不易分。
总见移花魔作法，因能喷火鬼成神。
数家伎俩重施久，几处街衢换位频。
可叹四围局外客，原来才是梦中人。

2018年第7期

彭　莫

清平乐·小区即景

新凉初蜕，昨夜西风累。黄叶惺忪随处委，残雨薄于残醉。　　秋葵晒在石桌，争食麻雀轻歌。三二提篮老妪，六七共享单车。

2018年第8期

石达丽

登定都阁

遥看京西耸画楼，巍然雄峙太行头。
相接潭柘清音远，自绾浑河玉带柔。
永乐依稀成往事，幽燕毕竟正丰秋。
龙旌遍展长安道，总教诗怀逸兴稠。

2018年第9期

匡　晖

南乡子·打拉池古城

秋气入尘烟，边塞西风古渡残。千里难寻鏖战地，年年。兴废更迭看此川。　　回首旧河山，野水孤城雁影寒。欲问夕阳愁底事，无言。望断飞鸿梦几番。

2018年第9期

郑欣淼

婺源篁岭寄怀（五选一）

弥空花气透疏窗，阒夜山风犹送凉。

民宿烟村鸟啼早，醒来尚觉是吾乡。

2018年第10期

董雪松

试制杨梅酒有作

玲珑带露缀新枝，一季梅熟恰此时。
绛色凝身勾晓月，甘汁沸缶入春词。
情留果里任评鉴，意浸香中漫解思。
且看红霞熏染处，青帘暗挑几回痴。

2018年第10期

宋华峰

山核桃

四月黄莺正晚读，一坡酸果尽还俗。
青山更欲垂青眼，不遣核桃趁早熟。

2018年第10期

梅凤云

立秋日雷雨

迅雷滚过起凉风，冷热无端梦不成。
一样潇潇窗外雨，今夕落处是秋声。

2018年第11期

毕开恒

边陲七夕

高原营帐与天齐，历井扪参河汉低。
常俯凡尘观万象，偶商桥鹊架七夕。
刺刀日月金银镀，夜哨风霜鸮鹫啼。
雁字欲从边塞度，角声惊梦阻佳期。

2019年第1期

代淑华

重阳登高

双鬓皤然野趣添，抒怀如是此登山。
三千里外谁吟赋，一霎间中我近天。
听鸟唱还听叶落，看春去也看秋还。
不唯尽醉斑斓色，遥望苍茫又几川。

2019年第1期

陈逸云

将之宁波车上口占留别苏州诸友

昔爱江南柳，随风长且柔。
今怜杨柳色，酷似故人眸。
山海径飞度，烟云安可留。
从兹明月下，有梦到苏州。

2019年第2期

褚宝增

春分次日午后与妻绕走颐和园昆明湖

借口因风好，得闲一骋怀。
岸边春易醒，湖底夏先来。
柳远方生色，云清未有霾。
山桃枝满蕾，明日对谁开。

2019年第3期

徐文东

画后致笔

人生如画卷，色彩但凭君。
因喜清幽境，不发喧闹音。
勾描常趁意，挥洒且由心。
为有三江水，能题五岳云。

2019年第3期

凌　宇

医院夜班感怀

寂寂清宵冷意临，窗留灯影雨留痕。
白衣空映时将晚，睡眼难堪夜渐深。
偶尔星滴生死泪，经常月照往来人。
绝知此日活着好，名利何需总累心。

2019年第4期

段　维

劳动组诗之卖煤

板车嫌短绑桁条，巷里檐前戴月吆。
黑饼穿膛十二孔，金钱论个两三毛。
足斤全靠良心度，旺火少掺黏土调。
褐脸灰衫胆犹赤，苦中求乐吼民谣。

2019年第5期

胡　维

驱车过五丈原

暂住烟尘吊武侯，萧萧故垒漫新愁。
西风未断蝉将死，铁马重来叶半秋。
一任峡云穿子午，可怜落日向凉州。
魂星牵引英雄气，大壑相逐渭水流。

2019年第5期

王者贤

月下咏桂

别样柔黄共露白，清明月色正徘徊。
广寒香冷风摇落，散与人间细细开。

2019年第6期

陈慧冰

笼中鸟

身困金笼思茂林，难逐燕雀纵青云。

凡人不解啼中苦，总把悲音作妙音。

2019年第6期

戴　旭

大　木

大木欲擎天，青云一柱间。

育人当效此，岂可误华年！

2019年第7期

唐云龙

观父母皱纹

错落时光网自成，汗蚀泪腐壑斜横。
孩儿空有题诗手，费尽心思抚不平。

2019年第8期

迟　玉

鹧鸪天·中秋

恰是篱边菊正开，楼头月照露华白。万般愁绪望中起，一例乡思心上来。　　循曲径，向高台，秋光人影两徘徊。西风不解离人意，乱送清寒入我怀。

2019年第8期

姚天华

战友苏州聚会

信是前缘未解开，时隔半世聚重来。
有心归队听军号，无计回营觅哨台。
酒醉何妨夸志气，情深自许忘形骸。
老夫不作黄昏颂，只把当年腹底埋。

2019年第9期

胡占凡

棋

我有一局棋，夺城未敢期。
黑白交错乱，经纬列兵齐。
落子山河动，举棋神鬼啼。
峰回路转处，谁解个中迷。

2019年第9期

李辉耀

田地抛荒

远望平畴满眼青，近观蓬草浪千层。
抛荒万亩谁能管，唯剩诗田尚可耕。

2019年第10期

王孝峰

长相思·重阳思母

菊花黄，桂花黄，一枕秋风一枕凉。窗前月影长。
怕重阳，又重阳，愧对尘衣线几行。村中白发娘。

2019年第11期

王改正

卖花声·东湖会

江汉会诗朋，金桂香浓。海峡两岸梦魂同。都是唐尧虞舜后，盼望重逢。　　月下紫薇红，芳草茸茸。东湖惊喜卖花声。弄玉听箫心醉了，黄鹤楼空。

2020年第1期

张桂兴

登白帝城

面水城一座，夔门锁巨澜。
诗廊存玉律，庙宇列先贤。
垂老刘公去，托孤宰相前。
观星楼举目，胜败可由天?

2020年第2期

白春来

采菊花置地下工舍

漫谈地下报秋迟，闲把黄英采一枝。
梦里含羞移枕畔，吟边带笑会心时。
数回递话汝无语，连日闻馨我太痴。
却恐朝夕滋润少，满瓶清水亦添之。

2020年第2期

王晓媛

蝶恋花·写春联即兴

意起挥毫收不住，笔走龙蛇，流水行云处。雪映红宣联几副，饱含浓墨情无数。　　铁划银钩横与竖，心底丹忱，字字都融入。贴上门楣春启幕，暖风化去冰凌柱。

2020年第3期

宣奉华

致敬钟南山院士

大医心系万民安，愿抱高龄立阵前。

夙夜操持谋胜疫，精诚如日暖冰天。

2020年第4期

李赞军

朝中措·庚子春节有感

新春谢客待家中，只恨疫魔凶。浇过几盆花草，凝眸远眺长空。　　小区加岗，红标示警，验证通行。但愿妖霾散尽，人间喜沐春风。

2020年第4期

武立胜

为三军医护人员驰援武汉作

讵料佳节闾巷空，寒江逝去自匆匆。
病毒最是孽能造，胸肺原来疫可攻。
幸有家国同砥砺，方从危难见精忠。
东湖待落梅花雨，依旧龟蛇架彩虹。

2020年第4期

安燕梅

二月十四日遇雪

十里繁华携手来，情人节日巧安排。
无边大雪纷纷下，恰共心思作表白。

2020年第5期

刘爱红

昌黎观海

云轻飞远鹜，心净止涛声。

坐看残阳醉，横斜渔火明。

2020年第6期

韩永文

定风波

陌上蓝蝶泛紫嫣，扫开迷雾碧云间。五月榴花欣兆瑞，参会，劫波渡后展新颜。　　昔载京城春欲动，议政，红墙日暖绽白兰。今岁全球防疠瘴，北上，共商国事克时艰。

2020年第6期

李万鹏

攀　岩

巉崖高万丈，壁虎亦难攀。

路至危峦尽，身从绝壁悬。

随流何谓苦，逆境始知难。

一到巅峰望，豁然天地宽。

2020年第6期

朱思丞

党　旗

每睹常思险与艰，镰锤高举映红岩。

此生知是多风浪，挂在心头扬作帆。

2020年第7期

赵焱森

贺《中华诗词》杂志社迁址

中华诗帜劲，自信立高巍。
几度迁新址，千程赴采薇。
神思灵韵动，笔落彩霞飞。
北望英才济，心仪共与归。

2020年第8期

梁庆蔚

雪夜查哨

深夜六花飞满天，西风凛冽透衣寒。
江城入静三更里，岗哨抽查一树前。
叮嘱轻声温暖语，掸拂稚脸雪霜肩。
万家灯火可安睡，昂首军姿立梦边！

2020年第8期

马识途

自　述

生年不意百逾六，回首风云究何如。
壮岁曾磨三尺剑，老来苦恋半楼书。
文缘未了情无已，尽瘁终身心似初。
无悔无愧犹自在，我行我素幸识途。

2020年第8期

何　力

秋日到柑橘园

露碧霜清秋水白，累枝满畈果堪摘。
入园未待轻伸手，一树橙黄染梦来。

2020年第8期

郑　欣

敦煌印象

隐隐将军催号角，高风远树碧蓝天。
胡沙万里无踪迹，盛世敦煌已美颜。

2020年第11期

张亚东

远眺敦煌雅丹

烟迷戈壁古沙场，百万雄师细柳营。
凛凛西风萧飒过，恐惊帐下枕枪兵。

2020年第11期

张孝凯

厨事之煮饭

餐厨之事费啰唆，也效围裙老太婆。
净谷仍须三遍拣，脱皮还要几番搓。
淘濯开启桶装水，蒸煮交由电饭锅。
粒粒苦辛今始信，节约不许米沾桌。

2020年第11期

刘　斌

岁　末

一阵寒流下，年轮转换匆。
有怀天地阔，着墨雅俗同。
叶萎松添寿，梅开雪映红。
莫言人已老，犹可待春风。

2020年第12期

郭友琴

远　眺

流云飞渡撞吟怀，望断三秋霜露白。
海陆推移峰欲起，时空变幻势方来。
人间道义无期矣，地上文章有信哉。
大树萧骚黄叶落，飘摇片刻没蒿莱。

2021 年第 1 期

周子健

读《未来简史》

欲究科技入玄微，直似天机略已窥。
万象归因皆算法，两仪生变乃思维。
如神尔世非无忌，不死之身最可悲。
追问未来初始处，一行代码里程碑。

2021 年第 2 期

刘 博

满江红

穿越银河，谁回首、地球表面。应侧目、长城溯古，汪洋成片。极目关山烟有尽，掷身天地云无限。把青史、异代有兴亡，思量遍。　　国之器，修以战。国之运，生于患。笑窥边贼虏，鹰轻蹄健。若使生吾千载上，必全耕父十年愿。从古来、武备重人心，轻天堑。

2021年第3期

刘如姬

踝骨骨折于吉山休养有作

问我山中趣，堪容拐脚兵。
闲庭空晒腹，高卧暂逃名。
画水眸间碧，看竹格外青。
陶然养真性，不必羡渊明。

2021年第4期

刘　霞

题钟南山泪目照

壮怀不老爱民深，国愈难时情愈真。
最是先生眼中泪，打湿屏外亿颗心。

2021 年第6期

王秀娟

清明前后忙于审稿

看花祭祖各出城，白日值班夜守屏。
尺度精严刀剪下，嫁衣裁好又三更。

2021 年第7期

李　述

小寒日遇大幅降温

腊日何足论，小寒实大寒。
檐凌才挂柱，温度早崩盘。
冷便由他冷，欢还任我欢。
梅花已开蕊，春步自姗姗。

2021年第8期

李　宁

听歌《爱过了也伤过了》

亦曾心碎在红尘，单曲循环无数轮。
心律总随音律动，只因也是曲中人。

2021年第9期

廖亚辉

卧云窟书见

云向深窟卧，鸟从天外归。
山中倚锄叟，寞寞对斜晖。

2021年第11期

郝秀娟

鹧鸪天·雨中携女谒贾公祠

雨自空濛风自轻，碑前吟咏倩谁听？瘦诗轩内躬身拜，月下斋前徐步行。　云渐淡，意难平。啼莺长唤阆仙名。诗学不厌推敲课，今借先生启后生。

2021年第12期